不思議な詩

安藤一宏

詩の不思議

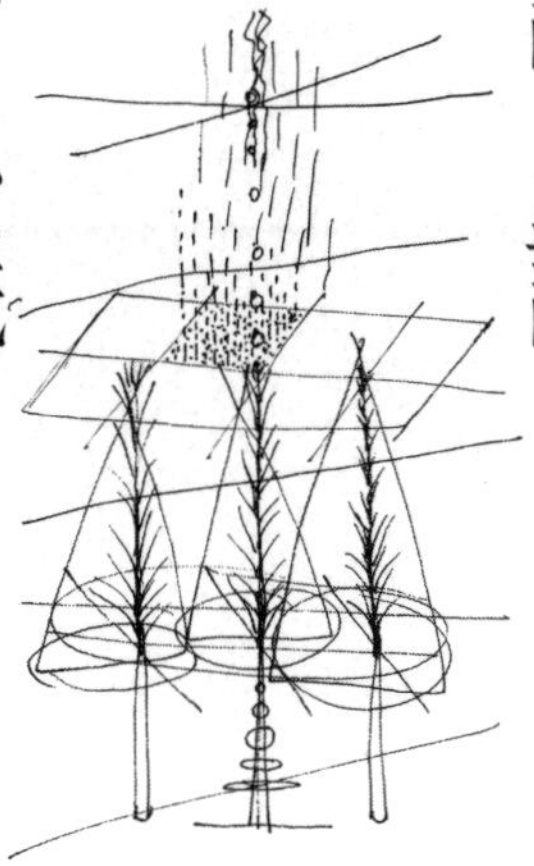

土曜美術社出版販売

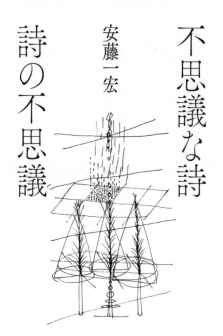

詩集　不思議な詩　詩の不思議＊目次

詩集

不思議な詩　詩の不思議

I

昆虫の不思議

昆虫はそれぞれ不思議
超能力で生きている
言葉が喋れないのに
仲間同士で理解し合う

アリの場合　餌を見つけると
仲間のアリに餌のありかを教え合う
互いに最短距離で連れ歩く
私たちがカーナビを使うのと同じに

彼らはフェロモンで教え合う

人間は赤ちゃんを育てるのは大変だ
でも昆虫は親子でなくても
ほんの数日間で助け合う
働きアリはいつも餌を探し回り
集団生活で助け合う

ほかの仲間でも同じこと
八ヶ岳高原に生息するヤスデは
八年間蛹のまま土の中で待っている
八年後にはじっと計ったように一斉に出てくる
時計を持たないヤスデは八年ごとに大発生

同じく八ヶ岳に生息する蝶のアサギマダラは
ただ物でない
夏は八ヶ岳の自然を飛び回り
秋には二千キロ先の台湾まで飛んで行く
越冬した翌春には再び八ヶ岳に戻ってくる

もっとすごいのはマダラチョウ
アサギマダラと似てはいるが
アメリカ大陸はスケールが大きい
赤道まで四千キロを移動する
メキシコのミチョアカン州の一角
シエラマドレ山脈のふもとの小さな森
蝶の群れが一億匹以上一斉に巣くい
子供を育てるためだけに生きている

私たちならカーナビで旅するが
昆虫は何も持ち合わせていない
一匹一匹には短いサイクルのままで
進化する化学も知らない
しかし一億年かけた昆虫の遺伝子は
人間には解明できない仕組みがあるのか
きっと宇宙人がやって来て
何かを忍び込ませたに違いないと
世界には不思議なことだらけ

ミミズの不思議

私は長いものが嫌いだ
特に蛇が大嫌いだ
蛇には毒があり私を咬んでくる
それに比べミミズはすべて毒は持たない
遠い国エジプトではピラミッドがあり
ピラミッドは作ったときにはミミズが沢山いて
遺跡を守ったようだ
後世に残すため役に立ったとダーウィンが書いていた
つまりミミズがいた時は落ち葉があった
今のピラミッドは砂漠にあるが

墓が作られた時は自然が豊かな時代であった

植物が育つと
落ち葉にはミミズが沢山住んでいた
長い時間にミミズは落ち葉を食べて糞をして
やがて微生物が何万年もの間土作り
豊かな畑として役立った

私たちはミミズを侮ってはいけない
これからの日本は地球温暖化が進み
小松左京さんの「日本沈没」が起こり
北極・南極の氷を溶かしたことにより
関東平野が沈むかもしれない

有機農法の理想のように
土はバランスを保つ
昔何でも枯らした除草剤グラモキソンは
土の鉱物の結晶構造に入り込み
結果何百年も出てこないため
安全と言われてきた
しかし農薬の分析者は
そのことに警鐘をならし
いまでは農家はグラモキソンを使わない
時代時代で考えを変えている

かつて日本では公害が発生した
丁度高度成長期と重なり
河川では重金属で魚の骨が曲がり

四日市ぜんそくやイタイイタイ病と
名前をつけられそれでも
日本が豊かになるためには
忘れられてしまいそうだが
私たちは忘れてはいけない

ミミズは私たちの役には立てないし
毎日じっと落ち葉の深い中で
食べ続けて糞をする
手も足もなく目も見えない生物
それなのに
豊かな地球を形作っている
これは神のなす役割か
それとも

渡り鳥の不思議

二十一世紀に入ると
分からない生きものの習性も
少しずつ分かり始めた
鳩は遠い知らない土地から放たれても
きちんと自分の巣穴へ戻る
なぜ戻るかは分からない
でも執拗に探してやっと見つけた習性
無意識に獲得した習性が
少し分かった

他の習性

遠いロシアの草原から飛んでくる渡り鳥たち
一羽一羽何千年もかけて培われた習性は
少し分かり始めた
これは地球の地軸が少しずれて生まれた結果
日本に四季の変化が生まれ
渡り鳥が訪ねる土地となり
日本の国までたどり着いた

でもこの場合渡り鳥は
何十日も海上を飛び続ける
ではいつ眠るのだろうか
空に浮かんだままで眠れるのか

そうこれが分かった
渡り鳥は目的地まで続く空の上
何億年と飛び続けた結果
渡り鳥の脳は二つに分かれ
代わり番こに眠るのだ

わかりやすく言うと
片方の脳が半分眠り
半分は眠らず飛び続け
これを繰り返すというのだ
渡り鳥が飛び続けるための知恵

何万年もの長い間かかって

進化したというのだろうが
これは渡り鳥だけの習性ではない
地球上の生きものすべてが持つ習性
生存競争のため鳥はどこでも
ぐっすり眠ることはないそうだ
熊の冬眠もそうらしい

世界中の生きもので
ぐっすり眠ることが出来るのは
人間だけ
鼾をかいて憎たらしい寝相で
目覚まし時計でも起きなくて
ぐっすり眠るのは人間だけ
襲われることもなく安心して

眠れるのは人間だけ

皆さんだから
眠れる幸せを喜びなさい
八十年以上もぐっすり寝てきた姿
自分自身を喜びなさい
でも半分寝て半分生きたまま
飛び続ける鳥を
大空を自由に飛べて羨ましいと
羨ましがらないで下さい
鳥には鳥の生き方で
空を飛ぶ自由の代わりに
眠らなくなっただけですから
自分を卑下しないで

比べて欲しくないのです

クモの不思議

まずは昆虫の定義
昆虫は頭部・胸部・腹部の三つに分かれます
胸部には四枚の翅があり
また脚は胸部の前・中・後に計六本あります
昆虫の足は六本ですが、クモの足は八本です
そのためクモは昆虫ではありません
残酷ですがクモは全て肉食です
食べる餌をとるため巣を張ります
クモの巣は幾何学的な模様をしてとても綺麗です
感激して芥川龍之介は「蜘蛛の糸」を書きました

皆さん綺麗なクモの巣を見たことありませんか
それは多分「ジョロウグモ」です
都会の高層マンションでは絶対見られません
田舎のひっそりとした花や木の茂みの中に
ひっそりと張られています
どうして均一な綺麗な巣を張れるのか
たとえそれが餌になる虫を取るためだけとはいえ
だからクモは「天然の害虫駆除屋」です
厳密には昆虫を取るためだけ張るのです
繰り返しますが昆虫ではありません
しかも大抵は毒グモでもありません
わずかな虫を取るためクモの巣を張ります
だから芥川龍之介のように
関心がもたれた訳です

昔の我が家の部屋には
人が入らない部屋があると
そこにはクモの巣を見つけられます
それよりクモの巣が張れない部屋は
きっと空気が悪くクモも心得ており
絶対巣は見つけられません
ある意味クモの巣は良好な自然の指標です
庭の生け垣のような所に
ひっそりとクモの巣を張る場合
巣を見つけるのは芸術家と同じで
寧ろ喜ばしいです
私たちは益虫としてそっと
見守りましょう

ヤスデの不思議

地球にはまだまだ
不思議なことだらけ
たとえば夏の山梨清里で
ヤスデが大発生するのを
知っていますか

「汽車ヤスデ」
線路で汽車を止めるほど発生し
ついた名前が「キシャヤスデ」

しかもきちんと八年おきに大発生する

何万年も前から
毎年の発生量が規則的
ヤスデの幼虫は土の中で過ごす
時計がなくても七年間過ごす
土中でキチンと成長し
最後の年に地上に現れる
見合い相手を探して
子孫を残すために

この不思議なリズムは
豊かに生きている私たちは
理解出来ない

コンマ数秒を正確に計り
時計は一年経っても数秒も狂わない
暑いか寒いかの夏の天気が違っても
キチンと八年ごとの繰り返し
大発生が起こるのだ

最初からデコボコとしても
数千年には差がなくなると思われ
ヤスデの発生は
そこで今でもキチンと八年ごとに繰り返す

ならば
人に嫌われるヤスデよ
一匹一匹の世界観でなく

全体の規則正しい法則で生きるのか
ヤスデのように生き抜くのも
一つの生き方だと
そう思いませんか

アリの不思議

一般にセミは卵の間三百日ほどを地中で過ごす
さらに幼虫として五年間を地中で過ごす
ようやくこの地上に出てきたセミは
毎日翅をこすり合わせて鳴いている
長かった地中を思いだし暑い中を精一杯鳴き続ける
でも地上ではたった二週間ほどしか生きられない

黒くて小さなアリも不思議な生き物
日本の地上のいたる所で「群れ」ですんでいる

蜂のように働きアリや兵隊アリと区分されすんでいる
だが蜂と違うのは最初から女王アリとして君臨しない
生まれたアリはすべてが雌である
雄アリも生まれるが交尾の後に殺される

女王蜂は特別食のロイヤルゼリーを毎日食べ続け
大きい体で十年から二十年間生き続ける
でもアリは違う
アリは特殊なゲマ*を体に持つ
ゲマを体に付けて生まれたアリは
仲間のアリとゲマを取り合う
ゲマを取り上げられると「働きアリや兵隊アリ」となる
女王アリがいない場合は意識的にゲマを残し
ゲマを残したアリは結果女王アリになる

「働きアリや兵隊アリ」は数か月の命だが
女王アリは十年以上長生きする

昔の日本人は「士農工商」と区別され
当然自分の区分は選べなかった
今の日本は身分制度がなくなり皆平等で生まれ
自由に身分を選べる
としても複雑な現代社会では「士農工商」は意味がない
身分が決まってしまう社会はつまらない

アリよりも少しは今の人間に生まれて良かったと
幸せに感じるのは幸せなことか
それとも

＊　ゲマはトゲオオハリアリの特徴です

クマムシの不思議

クマムシとは
その名の通り熊を連想する虫ではない
大きくて迫力のある虫と名付けたのではない
むしろ地球上の生物とは思えないほどの
過酷な環境に耐える虫である

肉眼では見えない程小さく
およそ体長は０・１から１ミリメートル位しかない
「虫」ではなく、四対の肢《あし》を持つ

「緩歩動物《かんぽ》」の部類に分類される
クマムシだけで千二百種類も見つかっている
特に乾燥に強い

三十年以上冷凍されていても
九年以上放っておいても
水をかければ復活して動き出す
それほど過酷な環境に耐える

空気のない真空に十日間おいても
七万五千気圧でもへっちゃらだ
どうして過酷な環境でも生きていられるのか
それは
特殊なタンパク質で細胞が生きているからだ

やがて人類も
同じような過酷な世界でも生きられよう
そうすると逆に
ＵＦＯや宇宙人はきっといると思われる
そう信じたくなるクマムシの不思議

腸の不思議

食べたものを消化するだけの腸
世界には腸だけで生きている生き物がいる
腸は原則自分からだけで命令できない
概ね自律神経で作られているからだ
でも今は進化する

腸は腸自身で自活するのだ
自らの意思で
腸だけで存在する生き物が見つかった

腸だけで生きる生き物は見つかったが
脳だけで生きる生物は現在いない
脳だけでは食べていけないからだ

腸だけの生き物は「ヒドラ」
厳密には腸だけの体とその周りに
脳に見られるような神経細胞が
多数見つかる
まずは神経細胞だけの生き物
それから脊椎細胞だけと脳細胞だけの生き物
生き物はそれぞれ進化した

ヒドラは当然目もないが

食べ物と毒物は見分けるらしい
脳と腸にセロトニンが存在する
セロトニンとは脳内の神経伝達物質
腸にも同じ生理活性アミンが存在する

ところでネズミでは
昆布と鰹節のすまし汁を飲ませるグループと
飲ませないグループとで見方が分けられる

なぜならすまし汁を
飲ませると攻撃的で無くなる
人間の母乳にも多く含まれている
仮に母乳を飲んで育った人間だらけになると
戦争は起きなくなるだろうか

そうなって欲しいが

食虫植物の不思議

植物は土から栄養分を取り育つ
空気中の二酸化炭素を吸い酸素を作る
大変良い事で地球の資源をまかなっている
でも中には蝿取り虫のように
虫を騙して養分を賄う植物も存在する
なぜだ

なぜなら土や空気からすべての養分を得られない
とても環境がよいところに育ちすぎ

そのためバクテリアなど全くいない
そのための手段で来た虫を逃がさない
色々な世界があるわけだ

時には仲間内で蠅取り虫のような
植物も存在する
土からの栄養分に飽き足らず
これは進化というのだろうか

高い山の湿原地帯
落ち葉があっても分解するバクテリアがいない
だから仕方なく虫を捕る

ウツボカズラなど

勿論歯で消化するのでなく
粘液で養分を吸収する
虫が好む匂いを出して
筒状の花の奥に潜ませて

それでも食虫植物は存在する
勿論音も出さないので
エイリアンではない
でも地球上では
エイリアンのような
植物も共存している
色々な環境を生き抜くために
…………

Ⅱ

アシュリー・ヘギの不思議

アシュリー・ヘギ
知ってますか
カナダの少女「アシュリー・ヘギ」を
おふざけ番組が好きなテレビ局が作った
「サイエンスミステリー」
NHKでは作れない
あまりに深刻で救いがなく
ふざけるにはショッキングな
さらし者「アシュリー・ヘギ」

若年寄りの「アシュリー・ヘギ」

七〇年頃のフォークソング
「フランシーヌの場合」を
知ってますか
ベトナム戦争反対で焼身自殺した少女
フランシーヌを歌ったフォークソングを
でもヘギは自殺なんかしない
わずか十年弱と約束させられた命を
懸命に生きて十一歳になった
それは普通人の丁度百歳ほどの身体であるが

遺伝子異常
プロジェリア（早老症）の彼女は

確率八百万分の一の宿命を
懸命に生きている
確率からすると一億以上の国民の日本ではいるの？
それとも日本にはいないの？
いない原因として日本人には元々
「淘汰」する習慣があるから？
でも生まれてすぐ発病しないので
先天性の奇形ではないので
おろぬく訳にはいかないので
やはり確率では存在する

結局ほとんどの日本人には
無関係に生きていて
ドキュメンタリー番組も作られず

ひっそりと生きていて
視聴率稼ぎのテレビ局は
再放送も頑張って
そして私は打ちのめされ
忘れない名前となった「アシュリー・ヘギ」

でも　だからだから
どうなんだと
責められても
何も出来ない私は
この詩を書いている

波の不思議

波とは私たちが意味する海の波
丁度知床で観光船が沈没した
その事では無い
電磁波のことである

電磁波とは
波長で表される周波数のことである
例えば放射線のガンマー線
私たちが医学で活用する

Ｘ線（レントゲン写真）やＭＲＩ
それから虹の元・可視光線
さらに目に見えない電波の色々
世界中を飛び交う短波放送
ラジオのＡＭ中波やＦＭ放送
さらに４Ｋまで進化したテレビ放送などなど

すべて目には見えないが波の形をしている
これらは同じ波である
虹も電波も同じとは考えられないが
夜空の星も同じ原理である
天才アインシュタインは
$E=mc^2$と提唱し
物理学の公式を作った

つまり原子の元も形はあるが波である
光は地球を七回り半つまり一秒間に
約三十万キロ進むがこれも波である
粒子も波も境は無い

ここまで来ると私たちは進化しすぎている
一方ではウクライナの戦火は止まない
何故だろう
同じ人類なのに

大久野島の不思議

二十一世紀の現在でも
「地図にない島」は見つかるが
以前は「地図から消された島」が存在した
「地図から消された島」とは「大久野島」別称「うさぎ島」
先の戦争時代に「毒ガス工場が稼働した島」である

広島県にある島だ
だからその後に原爆が落とされた訳でない
ともかく毎年八月六日は皆祈りを捧げる

「平和を祈り　過ちは繰り返しません」と

いまでも大久野島のことはあまり知らない
その頃日本軍がこの島で行った行為
だから地図からこの島が消されたらしい
一万人以上の中国人を殺した毒ガスを生産した島
原爆の死者とは比較できないし
毒ガスの悲惨さからも比較できない
現在ではネットで「地図から消された島」として伝えられるが

いま平和を求める日本人は
原子爆弾を使った人たちにも
戦争を反対する人たちにも問いかける
怖いのは「地図から消した島」

もっと怖いのは
そのことを隠してしまう私たち

地球の不思議

私の棲む地球は不思議
「水の惑星」
宇宙では地球以外
「水の惑星」 はまだ見つからない
全宇宙を調べても見つからない

地球は太陽との距離を
丁度よい距離に作られた惑星
ようやく四十六億年かかって作られた

時間をカレンダーでたとえれば
現在時刻は十二月三十一日の
午後十二時五十九分五十九秒後
ほんの一瞬と位置づける

地球では
四十六億年前からチリのように
宇宙から隕石が降りそそぎ
十億年以上かかって冷やされた
やがて水が作られ海となった
海には魚などの生き物が育ち
それから陸地にも
植物が育ち
今の私たちが生まれた

これは不思議ではない
しかし二十一世紀には
地球温暖化で
大切な地球を汚染し始めている
大国は核戦争の水爆を何千発も持っている
豊かなこの地球を
一瞬に壊す爆弾を

だから
この詩での主張は
原始地球が星クズを固めて
大切な水を作ってきたことを
もっともっと大切にしたい　ということ

再び綺麗な水を作り出す力は
持ち合わせていない

これからこの水の惑星はどうなるのだろうか
不思議なくらい不思議な寓話であるが

ＡＩの不思議

ＡＩとは人工知能の略です
ＡＩでは文章を翻訳したりする
人間にしかできないと思われていた知的な推論を
コンピュータが行うプログラムのことです

近頃ようやくＡＩの活躍が始まる
ＮＨＫテレビでは早朝に
音声でのニュース放送を始めた
人工音声が喋り人間のアナウンサーはいらなくなる

かつて昔のテレビでは可愛い女子アナがいた
彼女のとちりが可愛くて人気を得ていた
でもＮＨＫ上層部は気に入らず
彼女はすぐさま異動させられた
今度の自動ＡＩアナは喋りは完璧なので異動はまずない
そうするとやはり人間アナは必要なくなる
人気の「ＮＨＫラジオ深夜便」は
退職したＯＢアナがＭＣを務める
これも無くなるかも知れない

さらに進化するとＡＩで論文が作られる
テーマを入れると一万字近い論文を
ほんの数十秒で仕上げる

今世界中で膨大な論文が作成されている
大抵奇をてらう論文でなく
世界中の情報網をまとめて仕上げられる
そこで学生たちは卒論も書かなくなり
ＡＩ論文なのかそうでないのか見分けが付かない
やっかいな代物である

実際ＡＩによる作成ソフトで論文を試した
勿論「無料」で作成できた
題は「地球の不思議」
早速ワードですぐに作成された
多分数十秒かかったが

目次も勿論自動で作られた

第一章　地球の不思議と日本経済
第二章　地球の不思議の現状と問題点
第三章　地球の不思議の解決策
第四章　地球の不思議の今後の展望
第五章　地球の不思議のまとめ
「参考文献一覧」も付いている
ワードの日本語文で仕上げられて

自動で作成され
つまり個人の人間はいらなくなる
…………
…………
私たちはこの時代をどう生きるのか
あるいは

地磁気の不思議

私たちの地球は不思議だらけ
でも少しずつ分かってきた
そのひとつは「地磁気」
北極星が北にあると知っている
北も南も知っている
でもなぜに
北が南で南が北と思わないのか?
何故にキチンと分かるのか

それは地球は表面が土で覆われ
それをずっと掘り進むと
中心部の核はドロドロした鉄で出来ている
鉄は当然すごい圧力で液体化している
そうそのため
地球は自転して対流をおこし
巨大な電磁石となるのだ
そして北と南に分かれている

でも磁石は大切である
私たちが生きているのは大気に包まれており
その大気は磁石の力で成り立つ
つまり引力で引き寄せられている
太陽風からも私たちを守っている

でも良いことばかりではない
過去には北と南が入れ替わったりした
そして怖いのは磁力が無くなること
無くなると太陽風が吹き荒れた
恐竜が絶滅したのは大きな隕石が原因だったが
五百万年前から何度も地磁力が変動し無くなり
そのため大きな生物が絶滅を繰り返す
なぜなら化石として世界の地層から発見されている

今の時代も少しずつ地磁気が減っている
簡単には無くならないが可能性はゼロではない
今世界で戦争をしている
対立する大統領にそのことを

教えるわけにはいかないのか
ゼロになると全滅するのに
核爆弾を使おうとする輩《やから》に

アキアカネの不思議

新宿　六本木　お台場と大型ビル群が並ぶ街
いまこの街でアキアカネが見られない
かつて日本中どこでも見られたアキアカネ
秋にはいつも飛んでいたアキアカネ
なぜ突然いなくなったのか
作物の害虫でないのだから
防除のための強い農薬も撒かないし
でも数が減りだした

いやな予感　数年前にも世界中で
ミツバチが突然いなくなった
この時はアインシュタインが予言した
「もし地上からミツバチが絶滅したら
間違い無く人類はその四年後に滅ぶ」と
ミツバチは作物の受粉が役目で
ミツバチによる受粉が行われないと
麦やトウモロコシの実が結ばない
そう食料減でやがて人類は滅ぶ

日本の秋のアキアカネ
トンボがいなくなると日本も滅ぶか
悪魔の囁きのようにアキアカネがいなくなる
そう私たちは

豊かにキャベツやトマトを作ってきたが
畑は色々な作物が作られず
もともと自然な畑でないのだから
やがて　小さな昆虫の一つが消えると
日本の景色も……

Ⅲ

アメリカひじきの不思議

野坂昭如の短編小説に
『アメリカひじき』がある
戦後間もなく頂いた紅茶の葉を
ひじきと勘違いした小編である
私も同じ経験をした
私の場合は紅茶でなくコーヒーだった
ある日警察官の父が戦後駐留軍から
缶入りコーヒーを貰ってきた
人には話せないほろ苦い思い出

無知とはまさにこのような勘違いのエピソード
今ではコーヒーは普及し
コンビニや自販機で買える
しかし戦後の日本ではまだまだ売られていない
親父が警官の特権で缶詰を貰ってきた
駐留軍からせしめたらしい
英語が読めず缶を開けたら
まさにアメリカ産のひじきの様子で
結局家族は使い方が分からず捨ててしまった
小学生の私は辞典も辞書もないままに
まして親父が兵隊さんに聞ける訳もないと
生きていると恥の一つはあるもので
ささやかな私の苦い思い出

当時は金持ちの農家の応接間には
広辞苑や百科事典が飾られていた
インターネットのない時代
読まれていたかは分からない
でも大抵農家の子供たちには勉学を進められ
やがて今の日本が作られた
今テレビなど情報過多の風潮
福祉は充実し一人でも生きられる時代
「人生の最後は実家で一人で」と夢見て
反面役所は無縁仏の増加に手を焼いている

一人住まいの高層マンション
アメリカひじきはなくなったが

無縁仏にならないように生きるのは辛い

空と海の不思議

空を見るならいつだって
上を見なきゃあならない
波を見るならいつだって
海を見なきゃあならない
けれど海と空との水平線は
何処にあるのか曖昧で
どんなに努力しても
見分けることが出来ない
けれどごらん　じっと見ていると

なんだかもやもやしたものが消えてゆく
ぼくらの心のうちを　真っ青な憧れを

海の色は何故青い
「海」の語源は水と毎
だからどんよりとした暗い色
いわゆる藍色だけれど
ポジティブに生きようとする人には
真っ青な色に見えてきて
健康的な青色を描き出す

元々色の原色は七色の虹色
可視光線が交わると透明になる
ならば見方を変えてご覧

世界中の海が青いのは
私たちの受け止め方の問題で
どんな色にも変わるのだから

たとえば空と海が真っ赤な色なら
私たちはきっとドキドキし
落ち着かないまま
やがて狂って死ぬのだろう

ならば緑色ならどうだろう
地上の山肌は一面緑色のまんまだが
公園の木々の葉色もすべて緑色
つまり空も海も世界はすべて緑一色
これではまたまた混乱して狂うしかない

私たちが現在生きているのは
空と海が青色で
木々は緑　血の色は赤色で　丁度良い

でも犬や猫や蝶の目に映るのは
人間と同じ色世界ではない
となれば生きものは
私たちの世界と違う色世界で
感情も違うというのだろうか
それとも

風を読むの不思議

「風を読む*」は某テレビ番組の話題コーナー
時代と社会の断面を切り取る人気コーナーだ
八月中旬には手慣れた様子で〈原爆〉を扱った

私には少々飽きがくる話題だが
我国を代表する総理は大抵
核兵器は必要だと嘯く
被爆国なのに核兵器廃絶宣言にも不参加で
世界中から非難されている

だから番組「風を読む」もそれを肯定的に扱う

マイナーな詩人の私は
別な広島女学校の古びた白黒写真を思い出す
女子の持つ箱には　$E=mc^2$ が映っている
アインシュタインのエネルギー公式である
女学校の抵抗表現が銅像になって残っている
一方七十年経ってる広島の平和式典も
世界のメディアは変質し
影響力はなくなってしまったのか

丁度　地元の図書館では
「広島の新聞」が大きく飾られている
その日には新聞は発行されてないはずで

近年作ったようだ
想像し作られた新聞は
悲惨な写真だらけの新聞
あろう事かアメリカ版の新聞
勿論英語で書いたパロディ版の新聞

両方とも表現の自由で仕上げられているし
当然反戦の意識で書かれているが
だから良心的と揶揄されるのか
この二つの印象が私は不愉快でたまらない
これでは戦争好きな首相と同じではないか
そう感じているのは私だけか

ささやかな思い出

秀作ドラマ『告白』（ＤＶＤ）の
最後のひとこと
「……な～んてね」

＊　ＴＢＳテレビ　「サンデーモーニング」の風を読むのコーナーのことです

立花隆さんの不思議

私が敬愛する立花隆さんは読書好きで
「メートル単位で本を読む」の名言を残した
専門的に学ぶ場合は本棚一メートル分くらいは
読まないといけないとも言っていた
受け取った講演料はあらゆる本を買い漁り
それらをすべて読み込み「知の巨人」と呼ばれ
特に古本を買い漁り
ジャーナリスト活動を始めてから
本のページの端を折ったり線を引いたりした

講演会は沢山引き受けたが
財産はほとんど残さなかった
奥さんは亡くなった折彼の本をすべて売った
彼には財産が無かったので
お金ではなく本しか残せなかった

彼は「見当識」を持ち合わせた
ＮＨＫでは「見えた　何が　永遠が」と問うた
たとえば彼は南米の未開のインディオでは
自然のままに食べ物を食べそれ以上は望まない
ある意味インディオは幸せであろうと

でも立花さんは「人間と猿の境界」

「生と死の境界」をテーマとして持ち
人間はどこにゆくのか悩んだ
知りたいという欲求のままに生きた

彼の事務所は「猫ビル」と呼ばれた
これも単に猫が好きだったからである
無類のワイン好きで地下にはワインセラーがあった
高級ワインを飲むのでなくワインを嗜む程度だった

五万冊の蔵書は古本屋に譲渡された
そこには立花さんが精一杯生きた証が見えてくる
これを不思議と呼んで構わないだろう
立花隆さんは一冊の本もない書斎を残し
どんな政治家よりも不思議な力で生きていた

遺骨は樹木を墓標にする樹木葬で埋葬された

邂逅の不思議
（悪魔のような天使だった君に）

詩人は大抵いつの時代も饒舌だ
たとえば
君の周りにいても君には見えない所で
君を見つめていた
（あるいは見えない時空の向こう側で）
（少し斜に構えながら）

いまの平成時代を

大正デモクラシー時代と感じる
そう　詩人は大抵
勝手に時代を把握して
勝手に時代を解釈して
ほくそ笑むものだ

いつの時代も
詩を読むのは
奇人変人であり
詩人は横暴　かつ繊細
傷つき易く
そのくせ楽観的だ
詩人はその時
悪魔のような君の魅力に

思いを寄せた

大学生時代
所属するクラブに君がいた
周りの男友達を皆
悩ますほど魅力的だった君
そこで私は
天使のふりした悪魔と名付けた
なぜなら
君を思いつつ自殺した友がいたから

かって
私の好きな女性詩人は
人には大抵一度は

輝いて見える時がある
という詩を書いた
やはり人間にはどんな人にも
一度は輝く時はあるだろう

青春に輝く君は
自分ではその輝きに気がつかず
私たちを悩まし続けた

やがてその輝きを失うにしても
ダイヤモンドより輝く
深い海の底の宝物のように
いま深い感受性を失った私も
その時はとてもナイーブで

…………

いま人生の折り返し点を過ぎて
拙い詩を書こうにも
拙い材料も乏しくなり
変化のない毎日に
時代が悪いのだと決め込んで

そう　私は相変わらず
だらだらと詩は書き続けており

ようやくいま君の詩を書いている
どこに発表しようというのでもなく
輝く詩になるというあてもなく

他人には意味ないフレーズの
詩を書いている

成熟しないままの君がいて
私の中では昔のままの姿でいて
そのまま老いずに
心の隅では時空は止まらない
何時までも止まらない
銀河系よりずっと遠い
星の輝き
………

変わらないものの不思議

ピタゴラスの定理　アルキメデスの原理
私たちの周りは原理だらけ　変わらない原理で満ちている

永遠の原理
何十億年も科学の原理は変わらない
でも原理を表現する言葉は　実は少しずつ変わっている

ノアの方舟　古代から
私たちの周りの宗教は

色々な言葉を作って
その言葉の生活圏を国と呼んだ

地球の形は変わらないが　国は現在まで何度も変えられた
その国に住む人が知恵を出し合い
でも儲かる人もいれば損する人も生まれて
なかなか平等という訳にはならない

そこで飢饉や自然災害を恐れずものを作る
作りすぎたものは出来るだけ残して
少し残しすぎると宝となり
時として世界は宝の奪い合いが生まれた

その際私たちは原理を色々理屈付け

たとえば進化論では「猿が人間になる」と教わり
でも短い時間が経つと「進化論は間違いなのだ」と気が変わり
（実際猿から人間には今でも進化しないが）

たとえば寺山修司の詩のフレーズ
「人間は想像力より高く飛べない」
私はこのフレーズを信じる
原理は普遍だとしても
ならば進化し続けた猿は今後　どんな姿に進化するのか

あり得ないことは信じないが
進化はただの夢なのか　それとも

詩の不思議

詩を書いていると
最近の演歌歌手のように
似た作品ばかりになり
感動が薄れる

テクニックだけに腐心して
熟練した作品に仕上がらない
新鮮さに出会えなくなり
久しい

これはコンビニと同じだ
どのコンビニも最近
美味しいものばかりが増え
他のコンビニとの差がなくなった

特にテレビ
デジタルチャンネルが増えて
4Kや8Kと眩いばかり
でも自分が見られるのは一つだけ

さらにスマートフォンだらけ
食事中にも眺めていて
食堂はテーブル席が空席で

カウンター席ばかりが満席となる

詩人は
読者が見えない詩を作り
でも巨大ピラミッドに
憧れる……そうらしい

ピラミッドでなく日本的に
菊の御紋のナンバープレート
戦艦大和を見つけた際は
海には容易に潜れないから

現代詩とはそんなもの……パンドラの箱のような

玉手箱のような現代詩

思い出の不思議

長い間詩を書き続けてくると
不思議な詩にぶつかる
今私は昔の歌手森田童子が好きだ
特に「ぼくたちの失敗」が好きだ
その歌詞に懐かしさを感じる

五十年前の世界
当時の大学生時代に起きた
そこの文芸部に所属

雰囲気が心情に満ち溢れていた
仲間たちは部室で
「ぼくたちの失敗」のそのままな生活だった
部室ではストーブ代わりの電熱器が赤く燃え
コンパの時には電熱器を囲み
部員同士の失恋話を語り合う
真剣に泣いていたりした

それぞれの部員はとてもナイーブで
チャーリー・パーカーのレコードを宝物として持ち
森田の歌詞の通りだった
夢は今も若々しく思い出す

思い出は尽きない

個人的な思い出があり
共感は望まないとしても
青春時代という心の片隅は
今でも不思議と覚えている
現代詩のメモワールとして
残したいと思いながら

あとがき

まず、『不思議な詩　詩の不思議』を読んでくださった誠意に対して、一言お礼を述べなければなりません。長い間書いてきましたが、縁台将棋のように、自分では相手の将棋はよく分かるのに、自分では分からない。同じように詩も良い詩が書けたのかそうでないのか分からない。そこで大学生時代、当時の日本詩人クラブの会長だった安部宙之介先生のお宅へ伺い話をお聞きし、良い詩を書くためには一つのテーマを書き続ける事が大切と教わりました。高校時代から書き始め、ただ手近な資料から「詩人クラブ」の住所を調べ、お手紙を差し上げご返事を頂いたのが安部先生でした。そして訪ねてくるように言われ、何も分からないまま訪ねて今になります。とても優しい先生で、大学の文芸部に所属し、月一度の昭和女子大学の詩人クラブの定例会にも出席しました。昭和女子大学創設者の人見東明先生がいらして、私も女子大に入れるのでまめに出席しました。

大学卒業するまでに詩集を一冊作りました。これも安部先生が勧めてくださったからだと感謝します。何度かお話し頂く中で、一つのテーマで詩を書き続ける事が大切だと教えてくださいました。当時はなかなか理解できませんでしたが、この年になりようやく一つのテーマで書き続けた詩集を上梓できる運びとなりました。学生時代は戦後詩はじめ、学生運動がらみの文学論争が活発でした。しかし最近はむしろ文学全体が衰退している嫌いがあります。逆にインターネットや色々なメディアの多様化で紙に書く現代詩という表現が古くなってしまうかと心配されるほどです。

兎も角、なんとか四冊目の詩集を上梓するに当たり、土曜美術社出版販売の高木祐子様とカバー、扉のドローイングを引き受けてくれた中学、高校の友人の田中孝道様と装幀の芦澤泰偉様に感謝いたします。

そしてご一読頂いた皆様にお礼を申し上げあとがきと致します。ありがとう。

二〇二三年十一月

安藤一宏

著者略歴

安藤一宏（あんどう・かずひろ）

一九四七年　山梨県南巨摩郡鰍沢町（現富士川町）生まれ
東京農業大学農芸化学科卒　山梨県庁で農業技術研究に定年まで従事

詩集『孤独の谷間で』（一九七〇年　木犀書房）
　『夢の原型』（一九七五年　サンリオ出版）
　『燃えない木』（一九九五年　乾季詩社）

詩誌「稜線」「羅針」「乾季」等の同人を経て、現在、詩誌「あうん」同人
日本現代詩人会、日本詩人クラブ会員　山梨県詩人会元会長

現住所　〒四〇〇—〇一一七　山梨県甲斐市西八幡二三四〇—七

詩集　不思議《ふしぎ》な詩《し》　詩《し》の不思議《ふしぎ》

発行　二〇二三年十一月二十日

著者　安藤一宏

カバー・扉ドローイング　田中孝道

装幀　芦澤泰偉

発行者　高木祐子

発行所　土曜美術社出版販売

〒162-0813　東京都新宿区東五軒町三―一〇

電話　〇三―五二二九―〇七三〇

FAX　〇三―五二二九―〇七三二

振替　〇〇一六〇―九―七五六九〇九

印刷・製本　モリモト印刷

ISBN978-4-8120-2808-7　C0092